许你一个季节

XU NI YI GE JIJIE

李可君 —— 著

中国市场出版社
·北京·

图书在版编目（CIP）数据

许你一个季节 / 李可君著. -- 北京：中国市场出版社有限公司，2021.11
　ISBN 978-7-5092-2106-8

　Ⅰ.①许… Ⅱ.①李… Ⅲ.①诗集－中国－当代 Ⅳ.①I227

中国版本图书馆 CIP 数据核字(2021)第 230195 号

许你一个季节
XU NI YI GE JIJIE

著　　者：	李可君
责任编辑：	张再青（632096378@qq.com）
出版发行：	中国市场出版社
社　　址：	北京市西城区月坛北小街 2 号院 3 号楼（100837）
电　　话：	（010）68024335/68034118/68021338/68022950
经　　销：	新华书店
印　　刷：	成都兴怡包装装潢有限公司
规　　格：	145mm×210mm　　32 开本
印　　张：	6　　　　　　　　字　数：100 千字
版　　次：	2021 年 11 月第 1 版　印　次：2021 年 11 月第 1 次印刷
书　　号：	ISBN 978-7-5092-2106-8
定　　价：	56.60 元

版权所有　侵权必究　　印装差错　负责调换

自然写就会心间

——李可君诗集《许你一个季节》

（序一）

李瑞琦

我一直以为可君会创作小说，因为她对戏曲有浓厚的兴趣，没想到她的诗竟写得如此绚丽。认真读了她的新诗集《许你一个季节》，很是佩服！

诗是文化修养的积累和综合艺术的反映。我们所欣赏的文人诗画，是在强调传神的思想中，逐渐形成了其传神所具备的人格力量及感染力。在《许你一个季节》中，作者的思想张力和风格的形成、技巧的总结，汇聚成诗人自己特有的品格，反映在字里行间中的逸宕、情韵、雅致、生机，其实也综合体现诗人自身的全面修养。整部诗集淡雅清新，品格见情，以文字修养营造出了美妙的艺术空间。这是我读了这本诗集的总体印象。

在爱与认识的每一个行动中，诗人既塑造了自己的内心世界，又提供给读者想象世界，魅力无比。用辩证法来印证，奢华无助意志的坚强，淡泊往往能练就倔强。纵观古今中外，绝大多数优秀诗人，都是从平凡中体现真挚，于寂寞中绘制出精华。看似是闲钓春风秋月，但灵魂深处却永远优美绽放。我特别欣赏诗中那些富有哲理又饱含相思的句子：

"我是你的丁香花/弱小轻柔幽香"（《我是你的丁香花》）；"摘取过你栽在三月的桃花五月的丁香/谁为你吟唱，春夜春愁明月光"（《在你的笑容里读少年》）；"秋天你对我说/蒲公英的爱就是等风来"（《蒲公英的爱》）；"而我，如果没有你/又怎能轻舞人间/落花成诗"（《如果没有》）；"一笔一画，写下自己的方位和脚印/写下，遇见的霜雪与花香"（《生命的结节》）；"为我的远方之远，以诗的形式/种上十里桃花指认一江向东的春水"（《向暖而生，向春天而行》）；"所有的叶与朝露的亲昵/都为了一眼的对视/为怀想而生"（《眼神》）；"一袭白，俘获了所有的灿烂"（《一袭白，偷袭我明月千里的夜》）；"我写你的诗/你做我的梦"（《无题》）；"我多想你就坐在我身旁/然而风来了/你却走了"（《风来了，你却走了！》）。这些诗句，真是叩人心扉。

诗人的品格、才学、意韵，是诗人文化修养的积累和综合艺术能力的反映。我们欣赏文人诗书，是在欣赏诗人纷繁复杂思想的同时，欣赏其逐渐形成的文人人格与力量，这是我喜欢可君诗文的又一个原因。《许你一个季节》是她近年创作诗歌的汇集，不是无病呻吟，而是有感而发；不是高歌猛进，而是内心独白，是融入生活、融入思想、融入社会的多重表达。

诗歌是心灵的吟唱，是用朴素的情感展示自然和人性之美、人生之美、四季之美，让美的精神在其诗里弘扬光大，让优秀文化不断地走向辉煌。有人说，悟道是相对的。是的，虽然我们每天都在悟，却所得甚微，更何谈产出？可君的诗却不同，深究悟理，娴熟于胸，得心应手；对草木虫鱼、万事万物感受真切，多元发散。对同一场景、同一时间、同一风貌，她可以创作出不一样的风格和意境（见《何事春红三四月》《别寻，别问，我向春天说爱你》），让你在美的意境中获得不同的享受。

"山月吟声苦，春风引思长"。胸怀九州，浪漫人间皆为乐；心系社稷，钟情山水尽是诗。凡事凡物在作者的眼里都可以吟唱出一首首缠绵动情的好诗。人为什么执着，以及应该怎样生活，是一个无解的哲学命题。这本诗集在对生活的热爱中作出了自己独特的诠释。如《写给你，我以明月为笔》中，"我会与风轻轻卷起你的芳华/留一缕幽香于怀/从此记得/我曾以明月为笔"；《山高水长》中，"明明知道丈量不了/可我还是去量/用清澈的眼眸，真诚和善良"。由此可见，作为自己人生和艺术的新起点，有价值的人生是可以创造出很多的精神财富的。李可君是务实的、不求虚名的、不为名利所驱使的，今后在她的人生轨迹上也必将笃定前行。寻求生命的意义，可贵的不在于意义本身，而在于寻求，将意义寓于寻求的过程之中。

我很喜欢诗集中每个乐章所流露出的真挚情感，这使我更加相信人类最原始的情感世界是不带丝毫功利色彩的。比如："我的浅夏，我的微凉/我的一江东流之水/无尘无愁肆意情长"（《浅夏微凉》）；"假如，假如/苍穹和苍茫都凉薄了山峰/我仍然会化为一条河流/任由你航行/我自相随/同看舟横橹过明月千里"（《走近你》）；"冷月照过的离人/隐约还在雕栏/在亭台水榭/吟朱门映柳/吟思念空教轻狂"(《旧事》);"如果想你了/我会静静听歌,把歌里的故事/当作你和我/因为我想和你经历一切的可能"(《凌晨的想念》);"不经意的一句:向左/我便跋涉了千里/当我举目/溪流已枯、枫叶已黄/你我已错过明媚"(《向左》),等等。正是这些情感的纯洁和无功利性,成为这本诗集的最佳亮点。

总有一种激情让我们感动,这就是作者对文学及诗的执着。"我与每一缕春风/每一滴秋露/每一片叶脉上的温情/轻重不同的呼唤/抑或描绘/我许你/许你一个季节"(《许你一个季节》),从诗篇的每个字符中都可以感受得到,诗人是一个可以谦卑地存在,但必须高傲地活着的女孩。尽管每个人都有不同的人生经历,但不管你从哪个角度去阅读和品味这本诗集,都会给人一种自强不息的激情和昂扬向上的渴望。

如果说生命是一个不能重复的花季,那么这些千锤百炼、清新脱俗的诗句,将是一朵朵永不凋零的春花。我们说,人生中有些往事是岁月带不走的,仿佛越是历经洗刷越发清晰,始终活在记忆里。只有珍视真正的生活,在生前守护着的,然后才能把它们像"四瓣花开在人间"般带入永恒。

是为序。

2021 年 10 月 26 日

(作者系广东省文联副主席,深圳市政协常委、联络工作委主任,深圳市企业文化研究会会长)

抒情的和记忆的

(序二)

杨庆祥

在李可君的诗歌中,几乎见不到日常生活的细节,我们也很难从她的诗歌里读出来一个具体的地域、乡音或者是被现代生活编制了符码的景观。

是的,她的诗歌并不指向具体的物质性的实存(除了极少数以疫情为主题的诗歌),而是指向一种经过高度情感化和意象化处理的虚渺。这是一个挺有意思的悖论。据我了解,李可君生活在当代中国最繁华最具有现代性症候的大都市,但是她的诗歌里面完全看不到这种症候所带来的急躁、欲望和分裂性,相反,她的诗歌是单纯的、圆润的,是浅吟低唱的,是婉约梦幻式的。她似乎完全绕开了现代主义诗歌的传统,在这一诗歌传统里,陌生化、变形、扭曲及对病态人性的凝视构成了书写的主要内容,而在李可君的诗歌里,她更愿意使用象征、比喻、排比来表达一种健康而明朗的情感——即使这种情感天然带有一点点忧郁或者哀愁,但这忧郁和哀愁也立即被对生命的憧憬和热爱所驱散。

且让我们来读几首李可君的诗歌：

这指尖缠绕的梦

纠结着时光

一年一年，一季一季

被时针划出伤痕

最初漾满笑声的诗

被日子晾晒

故地满是青苔

——《给我今生的衣袂和指尖的温度》

故乡的天空

大地和草木

在我出生的那一刻

就连接着我的脐带

让我天涯陌路

都能从梦里

找到回她怀里的路

无论多远，我都可以

乘风驾雨驰进你的港湾

——《故乡，秋天的云》

这两首诗都涉及故乡或故地，这故乡是当初挥手告别的出生地，还是人生旅程中一次次停留过的所在？这并不重要，重要的是一种唤醒，通过对记忆的回溯，生命中的色彩和痕迹重新变得鲜活。表面上看这两首都没有提及当下，但是却隐约地暗示了一种超越性的视角，从当下超越出去，从时间的囚笼里挣脱，通过记忆、书写和抒情，让生命变得更加多维度，更丰富。也是在这个意义上，我们或许能够理解李可君诗歌中大量出现的前世、前身、来世、三生三世等时间和空间刻度上的表达：在多重时空中获得多重的生命体验，诗歌充当了通灵的宝镜。

> 这一世
> 做不了悍事
> 做不了叱咤风云的女强人
> 可我有一轮明月
> 从未曾舍弃
> 有一阕词
> 在心头年年开成
> 蓝色的风信子
> ——《做一个温暖纯良的女子》

> 樱花的花瓣
> 在四月忘情地烂漫
> 热烈看着大地的神秘
> 用它的细腻，柔软
> 隐喻地讲述着一个个
> 人间的美丽
> ——《你是我人间四月里，最美的风景》

这两首诗歌的前一首可以说是诗人的自画像。诗人首先以否定的方式对社会学意义上的成功者形象进行了抵抗，但并没有立即点明自己的志向，而是一转笔，写明月、写一阕词、写蓝色的风信子，在这些并置的美丽事物中，诗人的心迹婉转千回又磐石不移——要做一个温暖纯良的女子。第二首可以看作是诗人的写作观。樱花，四月，大地丰盈又神秘，大地就是一个最高的诗人，用孕育的方式讲述"人间的美丽"。诗人也是大地孕育的生命之一，因此诗人的天职就是将更丰富的存在讲述出来，正如大哲海德格尔所言：诗人的天职就是还乡。——还乡者，重新回到大地的怀抱也。通过这两首诗，李可君非常隐忍但同时又非常执拗地表明了自己的写作姿态和写作意识：谦卑地聆听，细腻地感受，空灵地书写。

读李可君的诗歌会让我想到两类诗人：一类是18世纪英国著名的"湖畔诗派"，其代表为华兹华斯，他们正是用抒情浪漫的笔触书写英国的乡土世界，并以此表达对文明的关怀和哀悼；另外一类是中国"五四"时期的女诗人冰心、林徽因等，这些女诗人开风气之先，以诗歌表达爱与美的人生理想，以唯美而丰富的心灵构成了现代中国的重要文学源流。李可君也许并没有对这些诗人进行过考古学式的研究，但她几乎是以一种"心灵的共通性"与这些伟大的传统联系起来了，这"心灵的共通性"再次证明诗歌不仅仅是一种语言和形式，而更是一种内在灵魂的结构，通过这个结构，不同时代的诗歌和诗人们寻找到了彼此。

写到这里就想起我和李可君不多的几次见面，印象中第一次是在广东中山的一次文学讲座，我讲，她听，结束后她和几位作家笑语盈盈地来要求和我合影，并没有太多的交流，那个时候我并不知道她写诗，现在她的诗集要出版了，我居然也觉得是理所当然，好像她本来就应该是一位诗人——无论外在还是内在。

这本诗集里我最喜欢的一段诗是：

> 我们，这世间匆匆的微尘
>
> 水成就的天性
>
> 每个人的躯体
>
> 裸色的时候
>
> 清与浊的适应和成见
>
> 就在波光中辩论

是与非，有与无，清与浊，裸色与杂色，存在之物在对立统一中完成其辩证法。因为这辩证，也因为诗歌，这世间的微尘也可爱且永恒了。

期待李可君写出更多这样有味道的诗歌。

是为序！

2021 年 9 月 14 日 于北京

（杨庆祥，当代著名诗人、批评家。中国人民大学文学院副院长、教授、博士生导师）

目录
CONTENTS

写给你，我以明月为笔 / 001

许你一个季节 / 003

别寻，别问，我向春天说爱你 / 005

何事春红三四月
——杏子花浅语 / 007

五月，这火红而倾心的遇见 / 009

我是你的丁香花 / 011

在你的笑容里读少年 / 014

午夜想要一匹马乘风，驮我浴月光 / 017

今夜繁星，是你为我构思的诗句 / 019

不见的日子，说三秋太短 / 021

那年此时和今日 / 023

有你的日子都是好日子 / 026

给我今生的衣袂和指尖的温度 / 028

我给你三千宠爱　你与我举案齐眉
　　——致粉色风信子 / 030

你是我人间四月里，最美的风景 / 032

浅夏微凉 / 034

故乡，秋天的云 / 036

做一个温暖纯良的女子 / 038

午夜雪花，泪花和玫瑰（组诗） / 040

初夏过后 / 045

有生之年 / 047

这一场久别 / 049

走近你 / 051

你给的风景 / 053

唯让远方，泊在风来的路上 / 055

杏花在秋天绽放 / 057

一抹哀愁 / 059

蒲公英的爱 / 061

如果没有 / 063

天使在人间（组诗） / 065

生命的结节 / 069

向暖而生，向春天而行 / 071

在这片沙滩 / 073

浪　花　/ 076

旧　事　/ 078

午夜把手给我 / 080

秋夜，想象你煮酒或焙茶 / 082

故乡，为我点亮归家的路标 / 084

眼　神　/ 086

一袭白，偷袭我明月千里的夜 / 088

六　月（组诗）/ 091

春　色　/ 096

无　题　/ 098

九月的河流 / 099

鹿角巷 / 101

风来了，你却走了！/ 103

把告白刻进时光里 / 105

桃花雪 / 106

故乡，生命中的第一个母语 / 107

凌晨的想念 / 109

一窝鸟儿，让我想起故乡的烟火 / 112

今夜，我们摒弃小悲欢 / 114

向　左　/ 116

远方，听风语 / 118

你一定要在我的扉页上 / 120

给心情撑一把伞 / 122

等　待　/　124

来雨往，桃之仍灼灼　/　126

嗨，春天——　/　128

欢　颜　/　130

十二月的情歌　/　132

你是寻不到的人间　/　134

沧浪之水　/　136

在春天里读一些花语　/　138

你向海的样子是一首诗　/　140

遇见另一个自己　/　142

起风了　/　144

那个月亮　/　146

在一首诗中叹息　/　148

每个人都有一道生命的豁口　/　150

初夏，让风把深情给你　/　152

你的名字是千年的传奇　/　154

山高水长　/　156

哥哥，我们把明月锁进浓情里　/　158

写给你,我以明月为笔

写给你

我不愿意去用

染了俗尘,或经过磨砺的句子

我要用前世

以心豢养的文字,写给你

在天气晴好的春天

或者枫叶霜染,雪花飞舞的盛大里

写给你

我不会用过多的铺垫

那样会让我走近你的路

从望眼中拉长,会让季节

荒废很多人间欢喜

会让泊岸的舟错失朝阳

写给你

我会摒弃落英的悲伤

摒弃零落成泥

我会与风轻轻,卷起你的芳华

留一缕幽香于怀

从此记得

我曾以明月为笔

为你写下每一首最真的情意

许你一个季节

你也在走着吗
我也走着
我每走一步
都担心与你擦肩而过

我在白天的匆忙里
总想着你在什么时候
会给我意外的惊喜
总想着一切美好的事情
会在我字里行间
搜索出我等你的标点
从黄昏移到子夜
从黎明到落霞满天

黄昏子夜黎明落霞

我都在啊

我与每一缕春风

每一滴秋露

每一片叶脉上的温情

轻重不同的呼唤

抑或描绘

我许你

许你一个季节

一幅词落诗飞的人生长卷

别寻，别问，我向春天说爱你

别寻，别问
在这久雨初晴时分
我与苍穹之上的太阳拥抱
在这从未分离的春天
并以十指紧扣
走过你赐予我的晨曦和黄昏

别寻，别问
在这被欣喜浸染的阳春
光线慵懒，风也轻悄
别再顾虑和疑心
遗落在夜幕中的眼泪
以及我付给每一个日子的简约和纯真

别寻，别问

每一次转过身来的爱

都是温情相向

无数次默念我爱我愿

你的影子便飞越沧海泊在字里行间

包容世间所有的不尽人意和俗物尘烟

别寻,别问

我在春天的路口等大地的芬芳

等花蕾一瓣一瓣开成朝阳

别寻,别问,我向春天说爱你

等阳光灿烂万物生长,为你诗千行

我放飞所有的狂想狂言与狂妄

唯独不放,我许诺的时光

和目光所至皆是你的寸寸心香

何事春红三四月
——杏子花浅语

小阳春时你已来过
那时季节正暖
风和日丽阳光明媚
那时你的一身粉白
盖过所有姹紫嫣红妖娆万千
那时,你世事未懂
尘烟未染

你就这样带着幸运
走进了烟火人间
让俗尘中的心
感受清澈,泊放负累
就这样
将希望筑在通往夏天的阳光中

于是，我们就在春天遇见
阳光透亮得一尘不染
我的眼睛闪着喜悦
内心泛起微澜
为你的初涉人世般
醉人清纯甜美的样子

杏子花，目睹你的娇羞
走到今天的成熟
目睹你，恍若脱下嫁衣
自然而然地"生儿育女"
我的情未减
我一直在注视着你
注视你幸福地将金黄
晕开晨曦和日暮
晕开人间向暖的光里
所有的欢喜

五月，这火红而倾心的遇见

如果你懂得
懂得那红色盛开的热烈
如果你懂得
懂得那红色不管不顾肆意张扬
那就不要给我离别
不要给我思念和煎熬

如果你选择这盛开
选择这奔放
选择这四季的浓烈
选择这傲视一切的骄傲
是为了我
就不要让我会触碰失落
触碰花谢花飞的痛

如果你会这样爱
会这样始终如一地在
会这样把人世间所有的伤
所有的悲
所有的薄凉
都用这如火的燃烧驱赶而尽
就要一直给我灿烂
给我春如旧、别让夏花瘦

我愿在你的树下
在你盛放得最好的时刻
做你心痕上最美的投影
以我所有的温柔和婉约
我三生三世的真与纯
与你山高水长
火红而倾心地遇见

我是你的丁香花

我开了一世又一世
还是四瓣花开在人间
只为不愿错过
你走过我身边时的南北西东
南北西东啊，我守望了一年又一年
我知道，只有这样
你可以在远处，抬一抬望眼
就看见我的紫色
和我在四月才泛起的欢颜

可你还是错失了
错过了我在春浓过后
特意为等你，盛放的满满情意
错过了我，在去年雪花飞舞的冬天
就为你将要经过的小桥

蓄积的一池春水
我等了你几世轮回
你却从来都无法停留

我知道，你也在寻我
也在寻我的影子和一双渴望你的眼睛
我知道，你的行囊里
装着我与风捎来的喃喃轻语
我知道，你张开的双臂
是为拥抱我飞奔而来的爱意
这一季我们相知相遇
丁香结写满轻柔的诗句
我和你在山高水长的岁月里
相偎相依

我是你的丁香花
我渴望，成为那一树唯一
如果我可以开出五瓣
你双手合十的祈愿
就会搭成星光簇拥的一座桥
渡我，走近你
让你胜过雪色的一袭白
照我的生生息息，我的痴痴念念

照我，故国山河间，长亭古道边
我与生俱来的，被岁月忧郁染成的丁香紫
——
我是你的丁香花
弱小轻柔幽香

在你的笑容里读少年

像无数颗石子
投进湖心
突然间涟漪散开的花朵
布满微波荡漾的湖面
一池春水
见风孕育许多的怀想

就这样
天马行空地想象
肆意地读你
读你笑容里的真
纯与明净
我惊奇岁月如此地垂青于你
让你的微笑
一直都没有失去少年的最初

读你的瞬间

有许多的章节都是风华

有许多的故事都渐生于晴空之下

尤其这红尘初夏

恰好是读你的大好时分

因为这样

我就会让怀揣着的幻觉

走入你眼中的湖泊

我可以选择任何时候

透过光的明亮

心无旁骛地将帆升起

有你的时分

我不用担心惊涛拍岸

不用担心，万里东流的决绝

原谅我痴痴的念

几乎就要

占据春秋冬夏

我想占据新涨的溪水

新绿的树梢

初青的草初绽的花

占据每个季节该有的一切任意

更多的
我想占据
你走过的每一寸青青草地
跟着你的影子
占据风,占据雨
占据你笑容里所有的温柔
所有的细语和叮咛

原谅我一次一次地
想象你少年的样子
你少年时奔跑
你的回首和颤动的心
谁的纤手
摘取过你栽在三月的桃花五月的丁香
谁为你吟唱,春夜春愁明月光……
……
哥哥,愿你出走半生,归来仍是少年

午夜想要一匹马乘风,驮我浴月光

幻想世界

隽永我的停顿

就像是瓦上的青痕

由着风雨剥啃

见证每一次情深

我在某个时刻

点亮的那束光

在黑暗中

时时突围和穿越

缠绵附着在骨骼

从此我的构思

比畅想更为张狂

我愿意将自己

在心的茧中编织时光

编织所有的禁锢

从此我按不住思绪缰绳

我想要一匹马乘风

驮我赴月光之浴

驮我一生的爱与心心念念

连同一切与爱恨相关的字和句子

今夜繁星,是你为我构思的诗句

今夜的风
一定是你寄来的
在我荒芜的心里
带来春天的气息
今夜的繁星粒粒
一定是你,为我收集
又为我漾开满天的珠玑

我蒙尘的情诗
自顾自醒着梦着
自顾自走进我的心里
帘旌微动
我听多年前摇过的风铃
清脆脆的响声
还是那么悠长悠长

都说夜如潮汐

此时我的眼前及周围

都是你的呼吸

都是你眼里的温情

为我漾开的芳草地

我憧憬的远山

是你为我种下满心欢喜

光线拉长你的影子

和一首若隐若现的诗走在一起

今夜繁星,是你为我构思的诗句

满地芳华,恍若下过了一场春雨

不见的日子,说三秋太短

终于读懂了银河
终于读懂了鹊桥
终于读懂
离愁别绪是一座城池
终于知道我自己
被囚禁在思念里的滋味

不见的日子
不见你的分分秒秒
我都在分割着自己
分割着遥望
怀想、痴痴念念

不见的日子
说隔三秋,太短

不见你的时时刻刻
我来来回回
读我与你的三生三世
读今生的白月光
读泪光盈盈

多情如此，深情如此
我不用去梦，都能确定
我前世的草原
前世的平川和沃野
带我打马踏过的
一定是你
这纯然、这浅笑，这清澈的眼眸
带我入海的拍岸浪涛
我坚信，只要你在
就会灿烂

那年此时和今日

那一年
春风刚刚别过白雪
正徐徐地向着人间吹拂
小溪里的水
正在醒来的时分

那一年
我的裙裾飘飘
长发飞舞
我的青春肆无忌惮
那一年的你
甩开大步挥起双手
朝我的身影
风暴一样追来
那一年的长路

我们嫌短

此时，长路还在
影子还在
你的笑我的长发
也还在
可我的背带裙
我的绒帽我的红围巾
却遗落在那年的旷野里
你剥开的橘子
那朝阳一样金黄的色泽
已随那年的风
被岁月吹散

今日，我在年轮的岁月
细细回味
坐看时光这本书
读我留下的那些小故事
小心思和小娇嗔

人静，夜已深
有月光的白
照在我坐的窗前

像那年的雪

像那年的裙摆荡起秋千

有你的日子都是好日子

我眼里的山

眼里的河流与小溪

有了生机，有了节拍

有了，抑扬顿挫的起伏

一切花开都有

十二分的欣喜和期望

你若隐若现间

借每一缕经过我的风

捎来的灵犀之约

风动，我的山河骨骼震颤

有你的日子，我的素笺

一直不曾沉睡

瞬间就成了你有力的手掌

拂开我的尘埃和俗世的悲欢

给我带来艳阳

有你的日子，我夜晚的星星

都分外明亮

每一个夜晚的小夜曲都欢快地弹唱

有你的日子

我的草原一望无际

沙漠也有清泉

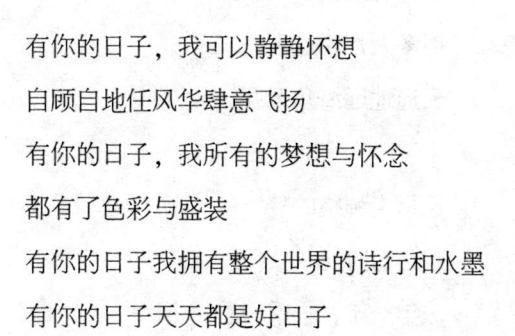

有你的日子，我可以静静怀想

自顾自地任风华肆意飞扬

有你的日子，我所有的梦想与怀念

都有了色彩与盛装

有你的日子我拥有整个世界的诗行和水墨

有你的日子天天都是好日子

——

人面桃花杨柳腰！

给我今生的衣袂和指尖的温度

很多的人都说过
如果有来生，有来生……
很多人都说过啊
天遥地远海角天涯

这指尖缠绕的梦
纠结着时光
一年一年，一季一季
被时针划出伤痕
最初漾满笑声的诗
被日子晾晒
故地满是青苔

我只要有你的时光
只要每一季的风吹过

都有你给我的记忆

我只要阳光月色

星子和虫鸣声里

都有你的足音

踏过我的小夜曲

前世我不问

来世，我无法找寻

给我今生的风景

给我今生的衣袂和指尖的温度

给我，专注或回首的目光

我给你三千宠爱　你与我举案齐眉

——致粉色风信子

我于众多的叶茎之中
唯独看中了你
我依稀记得
那一天突然下起了满天空的细雨
如丝如帘，沥沥淅淅

我那时并未细想
你是难舍
还是不愿意与我相随
抑或，你是遇见我的惊喜
那一刻的我，倾心掩住了所有思绪
我不知道，来我的掌心
你是否愿意

可你终究是默默地来了

我一直不知也未深思
把你带入我的陋室
是不是入侵了你的深闺
是不是,有你的眼泪
落进我经过的小桥流水

直到此刻,在这乍暖又寒的暮春之夜
我欲入梦的时刻
瞥见了你羞涩近我的怯怯
一袭绿意,一点淡淡的粉色
我终于明白终于懂了你的心思
我给你三千宠爱
你报我一袭粉色与我一世举案齐眉

你是我人间四月里，最美的风景

樱花的花瓣
在四月忘情地烂漫
热烈看着大地的神秘
用它的细腻，柔软
隐喻地讲述着一个个
人间的美丽

我怀疑自己，前世是否
诞生于这樱花粉中
那时就遇到了你的经过吧
好景常在，你的身影
是一剂带着香味的毒药
让我，前世未赴的约
在今生仍然守候

风吹过，樱花开完又谢

落满径的粉与白色

让我所有浪漫与纯净的词

都从掌心中跳出

而你的每一个背影

每一个仰头或回首

都让我惊心

待明年樱花再开

我拟好标题

你会掠夺我所有的爱和诗

我朦胧又清晰地矛盾着

但有一个声音总在我的耳边轻轻地说

你是我——

人间四月里，最美的风景！

浅夏微凉

让手心朝上
向星星索要一些种子
种在月亮之上

这风轻轻的夜
这萤光,蛙鼓蝉鸣
这每一丝动静
都是诗的种子落在大地的声音
这浅浅的夏的微凉

我任三千发丝
任我的布衣
我踩过春水的脚尖
任我的,万千思绪涌上心头
任一季春华过后的丰盈

别在衣襟

任我沾着夏夜之露的裙裾

在今夜构思的故事中飞扬

我的浅夏,我的微凉

我的一江东流之水

无尘无愁肆意情长

故乡，秋天的云

秋阳把季节孕育成熟
南方北方
收获的词语
与蝴蝶蜻蜓一起倾诉

我的故乡
苍穹之上的那片云
在这秋天里
安静抑或流动
都如你素雅淳朴的心灵

我的故乡
秋天里那片云柔软
温暖和深情
记得她的怀抱

在秋阳下
绕过长满藤蔓的花架
给我的长发
缀满金色的丝线

故乡的天空
大地和草木
在我出生的那一刻
就连接着我的脐带
让我天涯陌路
都能从梦里
找到回她怀里的路
无论多远，我都可以
乘风驾雨驰进你的港湾

做一个温暖纯良的女子

这一世
做不了悍事
做不了叱咤风云的女强人
可我有一轮明月
从未曾舍弃
有一阕词
在心头年年开成
蓝色的风信子

做一个温暖的
小女子吧
将所有的磨砺
煮成茶
将所有的爱
焙成酒

做一个纯良的

小女子吧

将月光之明

太阳之暖

将日子的琐碎

烟火的味道

串在一起筑一座高台

坐入其中

将人间暖色和亮色

尽收眼底

午夜雪花,泪花和玫瑰(组诗)

雪花

这个冬天的雪
是流着泪的圣洁
在哭人间
哭这一场灾难
哭长江水之畔的同胞

就连元宵后的春雪
也似白花无语
与万物一同滴泪
一片片飞舞
充满了白得惊心的哀伤

雪落片片

一场疫情的伤

雪以悲壮，在大地之上

写下一行诗

悼念同胞

抚慰受难的大地之母

而雪花自己把悲伤

倾洒在一望无际

泪花

挂着红灯笼的大地

用沉重的光，用红得如血的色泽

照着今年的年关

照着一行行逆行的脚印

照着无奈之中相继用无言

把写不下的分离

写不下的牵挂的心愿和眼神

等待出征的壮士回归

我们的长江

我生死两极的姐妹兄弟

你让我素白的纸张

写不下所有的牵挂

所有的凄苦

所有的生死与别离

这个新年充斥着恐惧

充斥着生命赛跑的故事

泪花洒落一条条四面八方的路

这个新年，泪花是无言的祈愿

祈愿武汉的同胞

祈愿出征的壮士

都能够在，春暖花开的时候

与亲人团聚

与初绽时最真的景

让那些泪花，开成一幅回归的画面

玫瑰

玫瑰哭了

泪痕挂在一条长江的波涛之上

哭匆匆的相遇

哭来不及道别的爱语

和那些牵手未暖的心碎

把曾经那么两心相印的段落

交给一场疫情验证

今年的玫瑰
痛断了那么多韶华
当俗艳和一如往常的娇柔
都如数远去
我才发现，烟火之上的一切
都比任何的奢华
比任何一场风花雪月，珍贵百倍

所有爱过的人啊
都知道，那枚花骨
多少次在生命的原野
风餐露宿，而饮过的甘醇
仍然是那眼生命的泉边
我们互相拟下的无数个标题
用一千次伤过心的泪
用一万种希冀
重栽人世这一株爱的玫瑰

今年的玫瑰
写不下浪漫，写不下花前月下
也写不下甜言蜜语

写下的只有叮咛，祈愿

和最朴素的牵肠挂肚

初夏过后

我的掌心滑过你的脸颊
那些如玉的字和标点
落满了人间给我的欢喜

绽放、飞花、叶落
一川水和山的深情里
我读过之后
才知道，缤纷和归帆
与夕阳一样壮美

一切都渐渐而来
又渐渐而去
初夏过后
所有的温柔
将变得比春阳热烈

比秋天多情

指尖触及的
所有内敛的词
矜持,孤傲和清高
在初夏过后
更有笔力的饱满水墨的雅韵
很多的事物
沾上了无解的毒
而我的醉与痴
早已入膏肓

有生之年

此去年年岁岁
有些事铭心、有些人刻骨
又有很多的人在
匆匆的人群中擦肩

世事相牵
你的影子我的影子重叠
眼波深处,流水小桥的春风渡里
看过水花观过游鱼
念念不忘的
也许就是身后走着的那个你

我们怀揣着前世的许诺
终于在今生、在人海中相遇
可时光的链条

分成两头

一头是我，一头是你

我们被命运连着、牵着

在各自的眼睛里

荡来荡去，成为时间的沙漏

而阳光中那架秋千

我们只让它轻语

诉说有生之年

你我走过的阡陌

离离原上草和春光秋夜香满径

这一场久别

从深秋到霜雪遍野
我遗忘了许多笔画的深情
忘了向春风夏露
秋雨落叶道别
忘了自己的一串串脚印
在身后注视

细数悸动
所有的错失和憾事
都是我的辜负
都是我
轻易让扉页翻过来的章节
空白了许多

这一场久别

像一场爱

空前绝恋之后

枯萎了等待

我无意无奈辜负了星光

辜负了明月初心

辜负了，大地辽阔万物执着

这一场久别

恍若隔世的回首

错失于无言间

让流光从指尖滑落

片片落叶片片飞花

那首阕歌是泪光覆盖的祭词

重读枉然和茫然

释义早已陈旧

所幸我掌心间紧握的长河落日

依然为我守着

厚土高天和你的深情

走近你

假如今夜我窗口的灯光
被狂风斩灭
黑暗中
我仍然会走近你

用我陌生而坚定的脚步
踏响一些节拍
让你被时针弹醒的梦
醒来时的微笑
不说阳光那么远

假如,假如
星星和月亮吝啬了光
我仍然会私藏起白天的太阳
只为了默默走近你

触及你的柔情

仍然一样的温润如玉

假如，假如

苍穹和苍茫都凉薄了山峰

我仍然会化为一条河流

任由你航行

我自相随

同看舟横橹过明月千里

你给的风景

你说,试着用自己

把秋天挑染

可以肆意涂抹的金黄

是抽象大师的梦

没有喧嚣的山谷

留下轻轻走过的河流

岁月的痕,在山谷的风里回荡

满满的金黄色的梦

不急,我是最晚成熟的绿

我会把最丰硕的果实

最美的风景

隐藏在最深的峡谷

总有一天

艳阳或者细雨

有屋前的银杏树,屋后的翠竹林

对了，还有风
我会缓缓地
飘落在你的掌心

唯让远方,泊在风来的路上

唯让远方,泊在风来的路上
任由尘埃里一切喜欢光的事物
在赤诚的心底不问方向
带着你爱我的歌
通往太阳和月亮居住的村庄

唯让远方,泊在风来的路上
我偏偏只爱这水远山长
这长路弯曲像极了寸寸柔肠
缠绵着从远到近渐次入怀
让时间没有机会和理由去彷徨

唯让远方,泊在风来的路上
这是我梦里放飞的红尘万千丈
因此我满目憧憬

躯体血液的养分长一路藤蔓
给脚印以陪衬的绿和明亮

杏花在秋天绽放

流浪，一路风景
留在心里的只有一处
溪水，朝着大河奔去
沿途拾起欢笑和哭泣
山坳，一座旧屋
在无数的行人里默默不语
河畔，有歌声回旋
你微笑着在岸的那一边
夜晚，掌灯时分
孤独的人最幸福
因为可以想起你的样子
布衣长衫和指间的烟
也许，经世的美
这辈子为你蛾眉轻描
不然，怎会如此急切

急切得如同春天的杏花

非要在秋天绽放——

一抹哀愁

土壤里没有消息

种子被泛滥的雨水腐烂

镶了金边的未来,挂在墙上

岁月以奔跑的速度,抛弃和遗忘

泛黄的记忆已锈迹斑斑

你的头颅不像枣核那般,所以

只会在各种动物的鸣叫中哑然

一抹猩红的哀愁

慢慢地溢出卡住狭窄的喉咙

萎缩的爱了像泄了气的气球,没了饱满

那时的你曾经把我捧在胸口,消失的温柔

一艘有帆的船就在那里搁浅

青丝长发在寻找她的存在,等你

月光下的海泛起一丝丝蓝

那些隐秘的事

连骨头都咬着牙深藏不露

来去的路上一把锁，锁住春色拂晓

单行道和不置可否的我，一抹猩红

可否懂得我无所归依的失落

没有岸、没有石桩，我的心已苍老

最终，把思念断章碾成细碎的星光

蒲公英的爱

执着于蒲公英对风的追求
就像云朵和风一起同行
风是自由的,所以你渴望
渴望在每个秋日的午后
可以让风毫无牵挂地带走
就像鸟儿愉快地掠过天空
从河畔到丛林
从村庄到山丘
在泛黄的原野中迎接黎明
挺直了脊背,撑开白色的翅膀
等风,等任何方向的风吹来
然后,划一道美丽的弧线
穿越无边无际的旷野
与风私奔,私奔到可以落地的地方
也许泥沼,也许乱石岗

命运会在那里创造一个天堂
漂泊的心，停不了的爱
未来总是等到来年的春天
这一刻漫天绿色的嫩芽
酝酿着一场盛大的旅行
然后秋天你对我说
蒲公英的爱就是等风来

如果没有

如果没有霜寒
我如何,将东篱下的菊
看得比任何一种花
都接近至爱

如果没有雪
展开洁白背后的凌厉
我如何,将悬崖边的松
看得如此伟岸

如果没有龟裂的土地
我如何,把一条小溪
让它琐碎的叮咚叮咚
当作甘甜的源泉

如果没有惊涛拍岸
我如何，把一条江奔流到海
当成她写给我的诗
撒满万里东流

而我，如果没有你
又怎能轻舞人间
落花成诗

天使在人间（组诗）

1

从小到大
眼里的白色就与纯洁
纯净和无邪
如一朵初开的花
开在我幼稚的春天里
于是我一直追随白色
追随它的简单
简洁和明朗
追随它，如一张纸
在任何时候
可以自由地题上诗

直到今年

在这红灯笼高高挂起的

春节的门槛边

我目睹无数朵这样的白色之花

他们和她们

逆风而行

逆病魔肆虐而行

驰援同胞

于灾难之中突出白色的力量

我才学着解读

解读这个名称的笔画

释义和象征

2

白衣天使，白衣战士

在这个春天的时间段之上

我毫不犹豫

就把我积聚的

所有关于美好安宁

祥和祥瑞的词

都留给了你

天使在人间

天使在与魔鬼搏斗

天使在播撒爱

天使让一个受伤的春天

重新恢复生机

我把心中储存的崇敬

在他们和她们冲向战场的时候

把这些与力量

毅力，坚韧

勇气和无畏相关的词汇

都如数捧上

以我让白雪神圣净过的手

以最神圣的虔诚

3

泱泱大国，我的中华

无数颗心的聚会

在这个春天一同经历拷问

国在家在，爱在情在

我的武汉同胞

别怕，挺住

天使在人间
压倒黑暗的白
在人间啊
他们和她们的手
会扶着你们站起来
他们和她们正在向春天招手
让神州，还你们
信心壮心和春风十里

生命的结节

在人海茫茫中走着
脚步在眼前成为一个个汉字
我把它们组合
拆卸,再组合再拆卸
直到它们都成了
我回首时的标题

用线条
用时间的指针
拷问自己
拷问生命结节之上
生长的朝向
硬度和色泽

匍匐在行程

举着季节的经筒

念着初心

念着浊泥中那朵洁白的莲

在风中,在雪里

朝圣梅花的骨

我就这样

让自己向大地攀附

吸吮时光的精髓

然后以感恩的形式

借苍茫为笺,借沧海磨墨

用骨骼这支笔

在芸芸众生的注目下

一笔一画,写下自己的方位和脚印

写下,遇见的霜雪与花香

向暖而生,向春天而行

春花秋月夏蝉冬雪

纷繁的四季

一次次的欢喜

一次次又被世俗和尘埃

不经意间落成飘絮

世事就这样慢悠悠更替

更替着万物一切该有的荣誉

该有的硕果

繁花和落叶的深情

也更替着,时光刻度上所有的无奈

该被风吹的

不该被击打的

如同结伴了连天的梅雨之季

明亮被暗影相妒相欺

被太阳宠爱的心

少了星光的夜投影

月光的脸被剥夺了明丽如水

风雨的流言，冲刷日子的欢颜

时针在光线的暗处

没有抬头看光的朝向

当温暖的信使晒干了冷色的词语

当听觉从冷然的气息中跃起

我终于知道

我该向人间和长路

向给我施以光之芒的人们道一声感激

严寒中的暖，在我的荒凉处竖起旌旗

为我打开通往春天的门

为我的远方之远，以诗的形式

种上十里桃花指认一江向东的春水

在这片沙滩

> 有一种俘获来自瞬间的倾心,这样的相遇让人变得柔软真纯而忘记烟尘。
>
> ——题记

将自己一分不少地投入
这一片盛大之间
将脚印
影子及指尖捏着的诗
撒入这一切景中
让自己
以最佳的姿态
站进画里

光影与水天一色
拥抱着我

我在这光的柔滑细腻中

被一线线光

一缕缕色彩俘获

我像一个被爱的人

柔情和柔软

被感动得倾巢而出

在这一片沙滩

我才发现

我是这水的女儿

是她真正的

最亲近的女儿

我的秉性

我不愿舍弃的真

纯与洁净

都与她对我的养育

密切相关

在这一片沙滩

我才拥有辽阔

拥有远方和无尽的想象

我才成为了啊

这烟火人间

天和地的宠儿
才成为了
这夕照与水色
霞光万道里与幸运相遇的人

浪　花

风从哪个方向吹来
我不关心，也从不在意
我只在意浪花的轻吻
在意浪花如一个亲密的爱人
没有过多的甜言
蜜语和做作
只以轻柔，浅浅
自然而然地把我揽入怀里

千百次寻觅的一种俘获
在这里，让我投入得全心全意
我如此这般地动情
动情于这浪花入骨的真
纯与洁净
动情于这般的默契

把我放入
这水天一色的画里

我有什么理由不相信
这世间的一切美丽
流经我的一切构思
我的眼眸，我所有的祈愿
白云一朵朵，浪花也一朵朵
吻过我的足尖，脚踝
我掌心的诗，在指尖打着旋儿

只是，没有你
我把所有的色彩褪尽！

旧　事

冷月照过的离人

隐约还在雕栏

在亭台水榭

吟朱门映柳

吟思念空教轻狂

旧时影像里的一个个故事

也还在庭院深深处

数光阴打磨的

半生烟翠又华年

万物写下

在红尘里穿梭的幽怨

一层层掀开的帘幕

沾满花飞花落

风叹息

叹弹指欢颜只一瞬间

谁会卷起千重愁

点亮流泪烛

谁知道凉阶水

是多少滴冷露凝聚

风轻，云淡，烟消

唯有年年青绿

抱紧生命的躯干

爱与恨，倔强如初

念你在，朝来寒雨晚来风

午夜把手给我

给我

把你的手给我

在这深冬

在这红叶被风吹成蝴蝶

被雪映衬

被多情宠爱的季节

给我

把你的手给我

在这雪舞

在这飞花被北风形容

被笔墨抒情

被文人排列成分行的时候

给我,给我

把你的手给我

在感恩节

在这最是铭心的日子

心会向阳而生

骨骼的城池会衍生出鸟语花香

给我，给我

把你的手给我

把你的手叠在我的手上

我们一起感恩

感恩相遇，感恩最美

感恩最真，感恩一路走来一路相随

感恩我们的前方

山川与河流

十万里路云和月

秋夜，想象你煮酒或焙茶

饱满由收获填充
从古至今
何事那么多的人悲秋
如果伤怀
如果将思念揉碎
都找不出理由

秋天的版本如此丰盈
还有上天的眷顾
让我在秋末冬初时分
在霜天红叶似火
在诗与诗的行间遇到了你

秋水秋光秋露秋声
每一样都是最动人的那支短笛

在这个季节

在有月的夜晚

吹奏的欢歌和轻语

此时我正好临窗而立

想象你踏过落叶柔软的香径

想象你秉烛夜读

想象你,煮酒或焙茶

将一个有月色有星光有远眺的子夜

在欢喜的泪光中,绘成玫瑰色

故乡,为我点亮归家的路标

这是生我养我的
脐带上的血色
这是,我头顶上的恩泽

我的大地母亲
风姿绰约在苍穹下
朴实着她的朴实
这屋檐,这树上的果子
是我独自命名的
路标和相思红的色彩
就是这秋黄的衰草
都是母亲头上曾经的黑发
被季节浸染

这是故乡啊,我的故乡

她的云,她的月
她的一砖一瓦
她的一撮泥香一滴山泉和清溪之流
都是我生命版图上
点亮标题的一笔

这是故乡
刻着我童年的影像
画满我少女心守护的秋千
常春藤一直疯长
只为我,只为我归来时的欢喜

这是故乡!是我哭了笑了
醒了睡了,她都面对我的所有
给我温暖有加的怀抱
给我包容和微笑

透过泪光看她
我才听懂我自己眼中的秋水盈盈
才能在所有美好的句子中
读懂"床前明月光"

眼　神

所有的原生景致

都变换了色彩

所有构思

都因为一次的对视

改写标题

我生命的和音，顷刻气息急骤

我怀疑这是北极的光

带着雪的晶莹

以唯一

让所有的情意都凝成透明

温柔的词瞬间生动

雀跃成的

一切该有的喜悦

在我冬天的围城之上
装点出春天的门面

走远的春光向暖而生
我把初遇初心的近亲词组
一起翻出来拆卸
组装，让自己的甜蜜与其对语
有晨光夕照，落霞秋水
在激动中颤抖

从此总是忘记抒情的河
被山的眼神俘获
从此它所有的绿
所有的叶与朝露的亲昵
都为了一眼的对视
为怀想而生

一袭白，偷袭我明月千里的夜

> 有一种萌动，在不知不觉间，心原已绿草葱葱，丢下所有俗尘去赴初见。
>
> ——题记

一片不是应季的雪色
将一匹白色的马速写成形
肆无忌惮，奋蹄踏过我的荒原

气息如海上的浪，迎风涌动
那些在春天里才开的花
在秋天的两岸不管不顾
一个劲儿地又拱开蓓蕾的尖尖
一任莺飞蝶舞的画面
炙热出千百度高温

无法驾驶的十寸柔肠
就这样，任你的影像飞扬
在思绪间奔突，腾挪
秋水扶着瞳孔中微痛的怀想
与这秋天里微凉的风
轻轻地诉说着，似曾相识的
蓦然回首时久违的悸动

衍生如此迅猛
我的草原铺展开来
有栈道，有阳关
有夕照和千里戈壁
有浅笑间轻轻的一瞥
有未语先知的凝眸
有紧扣的十指和午夜的笙箫

这季节不必写下诺言
一袭白，俘获了所有的灿烂
和前世今生未了的缘
怂恿一抹秋水盈盈
把天水踏得浪花飞溅
偷袭我每一个有风
有雨，抑或明月千里的夜

偷袭我栽过红豆的阡陌

长出南国那血色的粒粒深红

六　月（组诗）

（一）

在盛夏中咀嚼你的气息我想拉开素净的帷幔

一个人独倚西窗

向弥散着暖流的天穹

要下一股清泉的走向

要下一缕微风的气息

当我遥望你的时候

你在哪里

果实在枝头招摇着成熟

桑梓里，孩童们的笑声爽朗欢快

稻草人守望的原野，在静候丰收

还有，无数个的意志坚韧的你

绕在心头

在炎热的夏天里蒸腾

我知道,那爱那钦敬与神谕

即便缄默不语

只要你在,这情啊

便不会生息

只会愈来愈深

——愈久弥香

(二)

接近灵魂深处的尊崇

看着万家灯火,弥漫着光芒

看着一只猫静卧,窥见人间的好多相思

看着孩童扬起清亮的音色

快活奔跑

为你,在撩人的月色下

静默沉思

在树木掩映的长廊

站在你高大的倒影里

凝望崇高与神谕
温故你内心的理性、冷暖和秩序

夜静时，习惯了回头凝望
沉淀许久的箴言
时刻厮守心扉，镌刻在灵魂深处
某一个不经意间
我会把你吟诵过的絮语温热
为深沉的尊崇润色

此时，一些灯火已经升起来
我要站在凝碧的枝叶下
藉由你诚笃的心声
绽放到花团锦簇
等你经过

（三）

站在光阴高处

我穿过晴燠的苍穹
清风穿过绵长的絮语
悠远的韶光在指尖无形溜走

窣静初上，梦想的种子打破盈土
唯我，站在光阴高处
编织灿烂的岁月，细数你的栉风沐雨

人世间寒暄的背后
覆盖了太多无可奈何的谎言
样子依然朴素醇美、眸子澄澈明净
像从未对一个珍爱自己的人
流露出悒悒不乐

一些高度的优雅蛰伏心扉
有海拔的事物，隐秘在偌大的尘世
它们赋予我万丈光芒的灵魂
而你馈赠于我满腹的温情
悄无声息的疼惜与呵护

（四）

我住在你的眼睛里

你的眼睛深邃辽阔
你的眼眸深沉缱绻
而我，在一片窣静的草原

厮守你的热忱善美

你的璞玉浑金

煦阳召唤我们，我喊住你

你呼唤我，要不负韶华

不负春光啊

然后，我们阔步高谈、悦目娱心

在尘世间凝望耀眼的非凡

凝望高度的欢畅与喜悦

把挚言镂心刻骨

让恬淡的愉逸萦绕心头

从此岸走到彼岸

看着我

我住在你的眼睛里

像一条灵兽

春　色

春风与我无关
它流连青枝
红豆羞涩

春水与我无关
它荡漾涟漪
依偎河岸

春山与我无关
它草木萌发
百花烂漫

春日与我无关
它万物生长
温暖相伴

只有你与我相关

唯一的春色

度过半生冬寒

无 题

一些时光，在夜晚的微光里闪耀
秋风寂寞的湖面上旋转
冰冷的月亮在水里叮当作响
一颗心碎了又捡起，却无处安放
人群中涂满油彩的脸
欢乐和悲哀都是一出戏
唯有你，披星戴月
走进我脆弱的生命里，听我哭泣
我心爱的人啊
你是萧瑟秋风里最美的枫叶
是寒冬里一炉最旺的火
我心爱的人啊
愿我们回到初春，梦境与芬芳
余生如夏花般
我写你的诗
你做我的梦

九月的河流

沿着九月的河流奔跑
追逐最后的落叶归尘
等待亲吻第一场雪花
此时,满树的柿子通红
我把憔悴的额依在你肩头
月下的家乡,思念的泪珠挂在睫毛上
那些隐秘的星子
仿佛听到你对我低声细语
生命的玫瑰花,撒了嫣红一片

九月坠落的雨滴
带来秋天的荒野和下一个冬天
有些心事开始疯长
似乎冲破千万条的铁栏杆
眼帘深情无声地撩起

于是，一幅画像清晰地闯入
缠得这般欣喜又疲倦
风从家乡吹过
探问我的魂魄何在
在一片柔情和泪水中
是否有人，会记得那灿烂的笑容

鹿角巷

因灵魂受到了困顿
你是我精神上的围城
就像雨天迷恋着太阳,所以
你乘着我的空虚而来

关于废墟上的火焰,以及
我在大脑中枢留下的空白
爱你,给你所有温柔的部分
爱你温暖的眼神
和洞察世事的敏锐
你说这样的爱该早早来临

生活里充满了你的影子
你的气息在我的周围漫延
而我的爱新鲜如初

孤独与孤独行走的灵魂相遇

爱也在灵魂中诞生

抛开现实的苦涩与风雨

庆祝吧，有你

鹿角巷，有一扇虚掩的门

风来了,你却走了!

一杯烈酒的温度

在长夜里延伸

想起巷口的老榆树

想起儿时的白月光

我多想你就坐在我身旁

然而风来了,你却走了

炉火还在燃烧

烛灯也忽明忽暗的亮

孤独、思念与渴望

凝固冰,绵做水

想哭,却流不出眼泪

岁月只剩下点点的余温

我一直在寻找

寻找镌刻在心中的身影

这思念让我忘却所有悲伤
只要你在我身旁
料峭的尘世
灰色冰冷的雨滴是我的叹息

隔着落地窗的翅膀
不知去向何方
想喊，却发不出声音
没有你，我把心埋在最疼痛的故乡
风来了，你却走了
一树繁花，万缕重念
结成一枚痴缠的相思茧！

把告白刻进时光里

放任世事浮沉

握你在掌心，收拢细碎

让投影幻变的旋舞，在心间

在指尖上开成秋天里金色的稻穗

生命的版画

喜欢向明亮而生

喜欢向叶的绿索取根须的朝向

索取大地的泥香

喜欢问花骨，枝干毕生的深爱

把辽阔和远方当作轻奢

让一千个理由成立

许给你掏心掏肺的温柔

把告白，刻进时光里

桃花雪

人间四月

冬不忍离去

雪花便开始在阳春里盛开

洋洋洒洒,制造了一场意外

风追逐着雪花

急切又热烈的拥抱

高傲的枝丫

吐蕊或绽放的花朵

刹那间

粉面桃花结素锦

风情万千

故乡，生命中的第一个母语

每一缕思绪的雾
弥漫开来，蒙上故乡的山水时
就网在了心尖尖上
思念，瞬间而生

这样的时刻，
那头顶上的天空
云朵或湛蓝
就会晕开最明亮的色彩
一如我少时追过的晨阳
还是那样让心湖激荡

那山、那水、那方地域
我生命中第一个大写的母语
无论我的眼睛如何出走

如何游牧世间的繁华
我来和去,第一眼看到的
至亲至爱不忘
都是最初学会的这第一个读音

故乡如画,故土是诗
我整个生命被这些字眼牵绊
天涯,海角,我不厌其烦总是爱说
我是走不出她望眼中
载得走落花,载不走根须的
这方水土滋润的儿女

凌晨的想念

如果想你了,
我会用笔写下思念
写下最美的相遇与倾心的爱慕
悄悄的,不曾让你知晓
也没有按下发送的键
只是——害怕打扰

如果想你了
我会搜寻关于你的信息
点点滴滴,音容笑貌
默默地为你点赞
心头有种甜蜜的感觉
就像……提拉米苏的味道

如果想你了

我会想,在哪儿? 会不会也想我?

哪怕,只有一秒的时间

如果想你了

夜晚的梦里有你的身影

我会不愿意醒来

只是害怕,梦一醒,你会离开……

如果想你了

我会深吸一口气

把弥漫了思念味道的空气吸进

离心脏最近的地方

如果想你了

我会静静听歌,把歌里的故事

当作你和我

因为我想和你经历一切的可能

如果想你了

我会在镜前审视自己

是否配得起那样夺目的你!

其实,每个人的心里

都有一个你思念的人

我想你了

你——

知道吗？

一窝鸟儿,让我想起故乡的烟火

偶然地遇见

一窝鸟儿叽叽喳喳

幸福地歌唱

这自然的精灵

大地的信使

让我,想起故乡的烟火

我的童年

我青春拔节的故乡

我的年华

在她温柔的指尖

弹唱过春天的鸟语

夏季的花香

弹过秋色金黄雪光莹然

那葱茏的远山

庭院的石榴

一年一度的杏子

像我青涩的少女时代

怀揣着梦与诸多的奇想

走过成熟的阶段

风来雨往，只顾快乐地生长

一窝鸟儿

让我暂别大都市的喧嚣

远离高楼大厦

远离人流车流和俗务

让我怀念故乡怀念我成长的路

此刻人生的指针

时而让我往前时而让我回首

回到现在的支点

回到灯火阑珊车水马龙

而故乡，是我早出夜归时

在心墙上可以观赏

可以触摸的一幅油画

色彩，永远宁静如港湾

今夜，我们摒弃小悲欢

今夜，我在黄昏后窗前独坐
我不把帘旌放下
不错过一缕风
不让窗台上的勿忘我
在光线背后

我要将瞳孔里的深望
心田上种下的期盼
都呼之而来
要将三月留下的桃花粉
轻轻晕开在庭院

今夜，我会窖藏了前世的酒
加上此生柔情调和的蜜
将只装下你的心

举成透明的夜光杯
将我的一生一世倾在杯底
与明月秋风的轻盈
一同送给你

今夜,我要让自己
收敛立世仅有的锋芒
收敛生活磨成的锐角
借来清露润我七分柔情
然后在蝉鸣声的起落中
在你的臂弯
看云卷云舒晨光日暮

今夜,倾尽所有温柔
不谈名利沉沦和挫败
今夜,我们摒弃小悲欢
只要醒时或梦里
都能两相看

向 左

不经意的一句:向左
我便跋涉了千里
当我举目
溪流已枯、枫叶已黄
你我已错过明媚

向左,没有你
我依旧伫立在原地
看万物繁华凋零
匆匆或漫步
都不曾改变自己
甚至目不斜视
以骄傲的姿态
等你在现实或虚无

向左，朝你的方向

没有踯躅

只有义无反顾

远方,听风语

听风语,就知道是你
在我的梦里不肯离去
此时,纵使我的夜光杯里
空空荡荡,我仍然
会在你的轻柔里一醉千里

远方,我借了无数条河流
借它绕过山川
随着云对风的忠贞
随着月亮去寻找太阳的方向
寻找阳光下你的身影

远方,如一枚熟透的果
诱惑着我所有的思念
所有的感觉所有的臆想

如此,将秋夜的风

将冬雪的晶莹

刻在满目皆你的心间

远方,你的眉目生动

拂过思念,为我拭去悲伤

远方不远,我知道你就在身边

我的心念一晃

季节也就桃花灼灼

映你月华如水星子闪动

远方,听风语

我种的相思你种的红豆

没有季节制约,没有人为的藩篱

只为诗的节拍,吟唱着

被爱与浓情写满的舟楫

横在夜的港湾

等你来,看万山红遍

你一定要在我的扉页上

我在你的岸上多少年
如今才将点滴
闪烁的星星从倒影中打捞
打捞你撒在我记忆里的
曾经让风声撼动的身影
打捞每一刻,每一个心跳时分

于是我的梦
被你占据,伟岸的轮廓和深情眼眸
以及你,让我在这个雨天
有了无数个欣喜而动人的明媚

你出现在正好抒情的章节
透着阳光之暖
洒着月光的皎洁

我为你种下良辰红豆

许下余生

在心底殷艳

在原野里葱茏

水茫茫雾朦胧的诗里

因为有你，一切来时坦途光明

摇晃的风铃和所有的悸动

在书卷中穿行，写你的情愫

编织我的希冀和温柔

轰轰烈烈，欢颜和生动

哥哥，你一定要在我的扉页上

因为扉页之上

——是我桃花十里的心爱！

给心情撑一把伞

天空下雨了
白色的云朵就隐迹了
湛蓝的苍穹
也像负重一般
被黑压压的云覆盖

这季节的心情
却如潮汐
前推后缀大浪拍岸
所有的思绪和烟火尘埃
挟着琐碎
却又举着藩篱

行走于世间
必须要给心灵

撑起一把遮风挡雨的伞
用真诚做伞面
用善良和爱做伞骨
用意志，坚定奋力地撑开
无惧雷电，不被世俗淋湿
必须，给自己十二万分的理由
在风中凌乱雨里跋涉的身影
有行走或站立的美好姿态

等 待

我用一生的时间准备

准备落日下最美的余晖

准备浸染野薰的山风

准备碧柳低垂下的荷塘

准备洒满温馨的小路

准备一切很随意又很浪漫的相遇

我会等

一直等

我愿意从春天等到夏天

或秋天，甚至冬天！

我不怕错过季节

错过蜜蜂和蝴蝶

我最担心

最害怕的是错过你

整日整夜

我都在翘首期盼

期盼你熟悉又陌生的身影

期盼你身赴这个偶然的约承

我从不敢踏实睡觉,踏实地休息

我怕稍微一合眸

就错过你奔驰的马蹄

我从不感到疲倦

我会等,耐心地等,一直等

等你从远方赶来

匆匆或慢慢地赶来

陪我哪怕只是一刹那的盛开

来雨往，桃之仍灼灼

约好了不负佳期
不负春光春水的情意
约好了年年此日的初见
依然是雪净寒消，白云千里
暖阳当空的二三月

这些顶着露珠许下的承诺
在新年的门槛之内
就搂着欣喜，搂着一年的回忆
把一条通往阳春的长路
让意象的符号刻成途中的路标

桃花来了，桃花不顾雨的阻拦
真的从未失约
未曾辜负这一季心事的甜和涩

只是这一季光,不见君往
任由散漫着的,一帘一帘的雨轻狂

幸好柳叶儿的绿就将来到
桃之夭夭,粉白挑染天空的颜色
一江水两岸青山,去年桃红的人面
灼灼间,也将花里两相看

嗨,春天——

昨夜你又入我的梦了
秋千架上
春阳照着我的长发
蝴蝶自由自在

你携手而来的风
把堤岸吹成了绿色
垂柳摇摆着婀娜
十里百里,被你撒下的种子
铺满了粉红色的花瓣
簇簇的迎春与缤纷的山峦

嗨,春天!
停一停好么
停一停牵上我的手

去看草原，看马儿跑羊儿欢

去高山，满山谷的杜鹃开得正艳

看几生几世前尘里

那打着马儿经过的书生

可还在，湄水边

等我的红纸伞

映他白色长衫温和的笑脸

可还记得，约在他日经年

如花之日，仍然这般

欢　颜

这是春天的隘口
哪一片天空吹来的风
击落了花瓣

我曾如此深爱
初绽的一个个花蕾
曾如此喜悦
将晶莹的露珠
看得比碧玉更有豪光
所有的温润
都不告诉离别的理由么
谁留下的原罪
让罂粟花戴着沉重
戴着永世的咒语

在明净的月下
用黎明的那一片辽阔
把飘浮的灵魂
牵引到光里
让涤净了烟尘的气息
普度落单的欢颜

十二月的情歌

山河隐退

万木停止凋谢

十二月的情歌

留下天的蓝

云的白

以及大地的辽阔

十二月的情歌

不问尘烟

任所有的纷繁

消失在人间

任随风而过的线条

在流畅中奔放

将冬季染成春色

苍穹和大地为证
将这经年的歌
嵌入时空的经纬之间
加注浓墨，标题随意
如刻骨如铭心如蝶恋

十二月的情歌
曾经或是天长地久
都是怦然心动的回首

你是寻不到的人间

我要在心上

开垦一方疆土

选最辽阔的地带

选最明亮的色彩

选阳光时时刻刻照耀的位置

种上你的眉你的眼和你的笑脸

再画上古巷

云烟和乌篷船

画上小桥，流水

画上转角，茂林或修竹

或者画上，湛蓝天空下的草原

你魁梧的身躯和马背上的我

这样，把你种在心上

我就拥有了世界的完美

拥有了这一生

不必说遗憾的骄傲

拥有了一个小女子

笑也是歌哭也是歌的理由

沧浪之水

一清一浊
请原谅我固有的自私
我只愿告诫自己
饮或升帆
远游或归来
都取一瓢清澈

这一切
只是简单的命题
涉沧海
或者跋桑田
我只选择这纯净
倒影一片澄明

我们，这世间匆匆的微尘

水成就的天性
每个人的躯体
裸色的时候
清与浊的适应和成见
就在波光中辩论

在春天里读一些花语

别再细数心事
别再抱怨世间尘埃
别在烟火里
翻找那些陈旧,那些不如意

在春天里读一些珍藏
读一些花语,读着
品着悟着,每朵花的生命纹理
在风里雨里,霜里雪里
每一种花语
都和我们行走世间的影子在一起

在春天读一些花语
搂着它们的喜悦,也捧住它们的伤悲
看它们开完一季归去又来

相遇相见，不必再说往事与悲哀

只说，我们共有高远的天空

不负东流与辽阔的大地

你向海的样子是一首诗

我忽略海的湛蓝
海的辽阔和波澜起伏
忽略云朵、远岸和帆影
忽略水天一色

只为你在水中央
在所有的景中
占据了着色最明亮的一方
你以暖色,以晨阳一般的灵动
以你被阳光宠爱的美丽
让我这个夏天要构思的油画
从脂粉中抽身而出
向有你的海域,泼洒我的陶醉

你向海的样子

是一首诗
无数个标题,都涌出光芒
我只选择你的明眸皓齿
在阳光灿烂的线条下
翻晒你独一无二的美丽

姐姐,你向海的样子
让惊涛平静,骇浪轻抚
任所有的野性与温柔
在岁月里乘风破浪

遇见另一个自己

趁灵魂沉睡
影子停止了游移
剥开夜色的壳
将躯体置于星光下
举着骨头点燃火把
照着赤脚踏过的荆棘

写过、弹过，在心弦之上
挣扎了一次次的音符
在那一刻迸发出悲怆的奏鸣
信仰面壁不言不语
而我，只是一滴水
却执意要做穿石的勇气

在多维的时空

遇见一个熟悉又陌生的自己
蜷缩的懦弱和突醒的坚强
漫过一个又一个阶梯
黎明与启明星对话
从明天起，阳光会普照大地

起风了

一湾水墨
正在温柔的时分
缱绻的画面突然失色

天暗了,太阳隐迹了
我的眼睛,还在张望我的写意
那片纯净漂浮在蓝色的星空
想象的心动被风掀起涟漪
在手掌里开出心花

可是,起风了
我的裙裾和布衣
颤抖着不肯说别离
我仿佛看到,一朵朵小花
在撕扯中落泪

却没有一泓水一捧土
像某一个春天
给它极尽情意的盛开

走吧,起风了
不管是黄昏,还是夜深
请告诉最后那朵云
和我一起私奔吧

那个月亮

你是世间最美的
却无意争一季春色,你将
所有的悲欢,都含在浅笑里
圆与缺,你习惯了褒奖与奚落
可你自己的冷暖,无人触摸

阳光的灿烂,收藏着所有的赞美
淫雨和冷雪,也比你摄取更多
它们可以自由地哭,自由地放肆
而你坐于高处一隅,只能用一滴滴泪
凝冻高处笼罩的寒

我怜惜你,从不去论你的是非
假如你在子夜时分,看到窗边
凝望你的影子,那是我

在等星星睡过之后,与你相对而坐

问那些烟尘,可曾记起当初

你的晶莹如水……

在一首诗中叹息

落花以水为归宿
根与泥土抒发壮志
如同爱
不需要华美的结局
而我在一首诗中
写下对尘世所有的咏叹
却如三生前
许下了不忘的承诺

初心殷艳
以深红暗喻了山盟
嵌入骨骼
如今世我再次认出
触目的雕刻
我的心声是石上

风雨抹不去的印记

在一首诗中叹息
如蜷缩在母亲的怀中
一千种跌宕的爬行
一万次归途渺茫
那些暗夜轰鸣往事
刺破云天的呐喊
我高亢又低沉的声带
才有吸吮乳香过后的甘甜

每个人都有一道生命的豁口

如此吝啬于沉思
很少去触及生命的豁口
梦与现实
都如掌心上栽种的花
纵使无法为它
遮挡霜寒和风雨
但至爱
都给了这相守
给了不言不语不弃

我也只是
海涛拍打过的沙滩之上
被浊浪欺凌过的沙粒
也曾与贝壳和海螺
望尽一片帆两岸灯火

泪也曾成潮水

冲开生命的豁口

以日月的姿态沉溺

凡尘的悲喜

初夏,让风把深情给你

你是太阳的光
以及月亮的影子
城市、乡村、远山、田野
以及万里山河。我想是风
随时钻入你的怀中

你是星河里的北斗
我一路追随辗转着光阴
风缠绕着春夏秋冬
像极了我的深情
对你的思念数也数不清

你总是住在我的梦里
徘徊着不肯离去
你的身影你的声音

让我眼中闪着欢喜又含着泪滴

甚至，不能自已

初夏，我让风把熟透的深情给你

你的名字是千年的传奇

荡尽了生命的色彩
是谁,种下了爱的执念
带着凄美与悲壮
开出了涅槃重生的倔强

命运绽放的花海
流淌着忘川河的殇
三生石上刻下的模样
可否,开成花叶同枝的漂亮

花开一千年世事无永生
花谢花飞,都是各自的忠贞
奈何桥上念奈何
都是前世今生的一个个轮回

彼岸花，你的名字是千年的传奇
相思相念却又不相见
任是绛珠绯红，由她灿烂

山高水长

明明知道丈量不了
可我还是去量
用清澈的眼眸，真诚和善良
丈量过白天又丈量黑夜
追着朝霞
追着星星和月光

星空默然，山高水长
只有子夜的钟声
一声一声抚慰秋蝉的鸣声
抚慰着若明若暗中
熟悉的影子
轻轻地，在月光下无语

这秋夜不知不觉

已悄悄地凉了
试想千百回
床前明月光抑或小轩窗内
你伸开掌心
握住故园吹来的风
可有我昨夜
在秋海棠树下放飞的千纸鹤
可有我的声音
在风里叹息抑或歌唱

哥哥，我们把明月锁进浓情里

哥哥，风吹露呢

微痛的花开得正好

你在哪一个海岸

被谁的航标

一路牵走

我多么希望

帆影向我

向我栽了满园的南国红豆

我的勿忘我

含笑而来

不管如何

我都在这临窗翘首

我的长发在迎着你走来的方向

不愿绾起

我的裙裾飞扬着紫色

只为衬你王者般的身影

想念你的眼泪

被风吹落成雨

我煮好的酒焙好的茶

凉了又热

哥哥，炉火正旺

我在等你揽我入怀

等你在遥遥迢迢的地老天荒

今夜风轻无雨

月正高悬，我已和星光约好

今夜与你入梦

将你的叮咛和呢喃如数约来

追随着你的脚步和气息

远山黛黛，炊烟袅袅

哥哥，我们一同把明月锁进浓情里